MISTER FIES

Roger Hargreaves

Rieder Bilderbücher

Was hatte der arme Mister Glücklich doch für einen anstrengenden Tag gehabt!

Es war wirklich ein hartes Stück Arbeit, die ganze Zeit von hier nach dort und wieder zurück zu flitzen und Leute aufzuheitern!

„Puh!“, seufzte er, während er in sein Haus ging und sich zu einer wohlverdienten Ruhepause in der Küche auf einen Stuhl setzte.

Aber wisst ihr, was dann passiert ist?

Der Stuhl brach zusammen!

„RRRUMS!“, machte es, und der arme Mister Glücklich saß auf dem Boden.

„Das ist das Letzte, was ich jetzt brauchen kann“, sagte er. „Ich glaube fast, dass Mister Fies mir einen Besuch abgestattet hat!“

Und er hatte recht!

Draußen vor Mister Glücklichs Haus rannte, so schnell ihn seine kurzen Beine trugen, ein kleiner, hinterhältiger Kerl davon.

Das war Mister Fies!

„Oh, großartige, wunderbare Gemeinheiten!“, rief er. „Wie sehr ich sie liebe!“

Und er rannte kichernd in die Nacht hinein.

Am nächsten Morgen klopfte es bei Mister Vielfraß an der Tür, aber als er ging um zu öffnen, war niemand da.

Nur ein Paket stand vor der Türe!

Und in dem Paket war ein großer Schokoladenkuchen, gefüllt mit Sahne und überzogen mit einer überaus köstlich aussehenden, rosaroten Glasur.

Mister Vielfraß bekam feuchte Augen.

Er leckte sich die Lippen, schloss die Augen, sperrte den Mund auf und nahm einen riesigen Bissen.

IGITT!

Der Schokoladenkuchen war gar nicht aus Schokolade.

Er war aus Erde.

Und die Sahnefüllung war gar nicht aus Sahne.

Sie war aus Watte.

Und die köstlich aussehende rosa Glasur war überhaupt keine Glasur.

Es war Zahnpasta!

Und draußen, vor dem Haus von Mister Vielfraß, rannte, so schnell ihn seine kurzen Beine trugen, ein kleiner, hinterhältiger Kerl kichernd davon.

Das ist noch nicht alles.

Am selben Morgen entdeckte Mister Lustig, dass ihm jemand Sirup in seinen Hut gefüllt hatte.

Scheußlich klebrigen Sirup!

Erratet ihr, wer das gewesen sein könnte?

Doch am selben Nachmittag tat Mister Fies etwas, das ihm noch sehr leid tun sollte.

Er ging im Wald spazieren und überlegte sich, was er wohl anstellen könnte, als er einen Zauberer traf.

Einen Zauberer, der tief und fest schlief.

„Ich weiß was", kicherte Mister Fies, „ich vertausche den Zauberstab des Zauberers mit einem ganz gewöhnlichen Holzstab und dann kann er nicht mehr zaubern!"

Er grinste hinterhältig und schlich sich leise an den schlafenden Zauberer heran.

Mister Fies streckte vorsichtig die Hand aus und schnappte sich den Zauberstab.

Allerdings wusste er nicht, dass Zauberstäbe es überhaupt nicht leiden können, wenn sie weggeschnappt werden!

„HILFE!“, kreischte der Zauberstab mit schriller, hoher Stimme und weckte damit den Zauberer, der Mister Fies nun bei der Nase packte.

Und das tat ziemlich weh …

„Lad die Nade lod!“, schrie Mister Fies.

„Ich weiß, wer du bist“, sagte der Zauberer. „Du bist dieser Mister Fies, der Mister Glücklichs Stuhlbeine angesägt hat und der dem armen Mister Vielfraß einen ziemlich scheußlichen Kuchen gebacken hat und der dem armen Mister Lustig Sirup in den Hut getan hat! Ich weiß alles über dich“, fügte er hinzu.

„Lad die Nade lod!“, schrie Mister Fies noch mal.

„Also schön“, sagte der Zauberer. „Aber glaube ja nicht, dass du mit deinen Gemeinheiten so weitermachen kannst wie bisher!“

Und nachdem er die Nase von Mister Fies losgelassen hatte, nahm er seinen Zauberstab und wedelte damit durch die Luft.

„Nimm dich in Acht!“, sagte er und ging seines Weges.

„So ein doofer Zauberer! Versteht der denn überhaupt keinen Spaß?“, murmelte Mister Fies, als er nach Hause ging.

„So ein doofer Zauberer“, sagte er noch einmal und setzte sich in die Küche.

RRRUMS!

„Dieser doofe, doofe Zauberer mit seiner oberdoofen Zauberei!“, stöhnte Mister Fies und rappelte sich auf.

Und nachdem er sich ein wenig erholt hatte, machte er sich Tee und dazu etwas Haferbrei.

„Mhmmm“, freute sich Mister Fies und nahm einen großen Löffel Haferbrei.

„IGITT!“

Wie durch Zauberei (und das war es ja auch!) hatte sich der Haferbrei in einen Brei aus Sägemehl verwandelt!

„Ach, du liebe Güte“, prustete Mister Fies, „vielleicht sollte ich in Zukunft nicht mehr ganz so viel anstellen.“

Und er ging nach oben.

Er sprang in sein Bett.

PLATSCH!

Das Bett war voll mit Himbeermarmelade!

Igitt!

„Ach, du liebe Güte“, stöhnte Mister Fies. „Ich glaube, in Zukunft darf ich wirklich nicht mehr soviel anstellen!“

Und wisst ihr was?

Am Tag danach war er brav wie ein Engel.

Und am nächsten Tag auch.

Und auch noch am übernächsten Tag.

Eine ganze Woche lang.

Und dann ging die alte Lust am Streiche Spielen wieder mit ihm durch. Er konnte nichts dagegen machen.

Es war ein Samstagabend.

Er schlich sich in Mister Pingeligs Haus, als dieser tief und fest schlief, und ihr werdet nie erraten, was er da tat.

„Oh, was für eine gelungene, kleine Gemeinheit!“, rief er, während er kichernd nach Hause rannte.

Er hatte Mister Pingelig die Hälfte seines Schnurrbarts abrasiert!

Ist das nicht fürchterlich?

Der arme Mister Pingelig!

Er war fassungslos, als er aufwachte und es bemerkte.

Aber dieser Streich ist nicht das Ende von Mister Fies und seiner Geschichte.

Und deshalb …

… solltet ihr, bevor ihr die letzte Seite zu Ende lest, kurz aus dem Fenster sehen.

Na los!

Seid ihr sicher, dass da keine kleine, hinterhältige Gestalt um die Ecke läuft?

Seid ihr ganz sicher?